赢在起跑线

U0132795

学前语文

早准备

杜宝东 主编

哈尔滨出版社
HAERBIN CHUBANSHE

图书在版编目（CIP）数据

赢在起跑线.学前语文早准备/杜宝东主编. –哈尔滨：
哈尔滨出版社,2009.4
ISBN 978-7-80753-449-5

Ⅰ.赢… Ⅱ.杜… Ⅲ.语文课—学前教育—教学参考资
料 Ⅳ.G613

中国版本图书馆CIP数据核字（2008）第174863号

责任编辑：王 姝 李英文
封面设计：博识晴天

赢在起跑线.学前语文早准备

杜宝东 主编

哈尔滨出版社出版发行
哈尔滨市香坊区泰山路82-9号
邮政编码:150090 营销电话:0451-87900345
E-mail:hrbcbs@yeah.net
网址:www.hrbcbs.com
全国新华书店经销
北京朝阳新艺印刷有限公司印刷

开本787×1092毫米 1/16 印张14.5 字数20千字
2009年4月第1版 2009年4月第1次印刷
ISBN 978-7-80753-449-5
定价：33.60元（全两册）

前言

当孩子结束幼儿园的生活，即将步入小学的大门，这个阶段不管对孩子还是家长来说都是至关重要的。专家提醒父母：一定要尽早作好学前教育的准备。小学教育看似简单，但是对孩子的一生会产生深远的影响，是孩子踏上成功道路的开始。

学前语文教育旨在发展幼儿的听、说、读、写的能力，激发孩子对语言的兴趣和爱好，掌握一定的文字和语言表达能力。传统的语文启蒙重点是在发展儿童的口语和对母语的教学上，但是不能完全激发儿童学习的动力。《学前语文早准备》一书，打破了原有的常规和教条，运用游

戏与学习相结合的方法，全面激发孩子学习的兴趣。

本书共包括四个单元，采用从简到难的方式，其中包括：连线、涂色、接龙、看图、猜谜、走迷宫等各种不同的游戏，让孩子从基本的拼音和认识事物开始，逐渐学会字、词、句，最后达到可以完成完整的句子表达和语言组织，是孩子学前教育的最好帮手。

希望本书能成为孩子的好朋友、好老师，让孩子变得更加聪明、懂事、充满智慧。

目 录

第一单元

西瓜

鲜花

桃

1.娃娃脸中的拼音

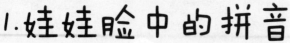

　　有两个小娃娃，他们都是用拼音字母组合起来的，请你找找看，他们的全身都藏着什么拼音呢？把找到的拼音字母写在下面的横线上。

2.可爱的小动物

　　小·动物们喜欢在草地上一起自由自在地玩耍，你能说出草地上都有什么动物吗？用手指一边指着小·动物，一边说给妈妈听吧。

3.说说小朋友在干什么？

看看下面各图中小·朋友们都在做什么？把动作的序号填在方框中哦。

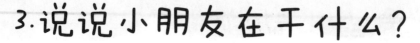
①跳 ②吃 ③浇 ④做 ⑤擦 ⑥唱

小·朋友们在 □ 歌。

强强在家里帮妈妈 □ 地。

力力在大口 □ 着西瓜。

小·玉在给向日葵 □ 水。

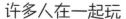

许多人在一起玩 □ 绳很有意思。

大家一起来 □ 早操。

4

4. 看图连拼音

　　读一读左边的拼音，你想到了什么？看看右边的图片，把有关联的连起来。

ge　　鸽子 ⚬

zhi　　知了 ⚬

xi　　西瓜 ⚬

ci　　刺猬 ⚬

ji　　鸡 ⚬

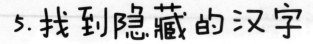

5.找到隐藏的汉字

有几个调皮的汉字，它们隐藏到了许多事物的名称里面，你来读读看，就能发现它，把带有这个的汉字的事物圈出来。

花　　菊花　　太阳　　飞马

瓜　　茄子　　黄瓜　　橙子

子　　猴子　　大象　　长颈鹿

6.走迷宫

连连看，走迷宫。

中华人民共和国

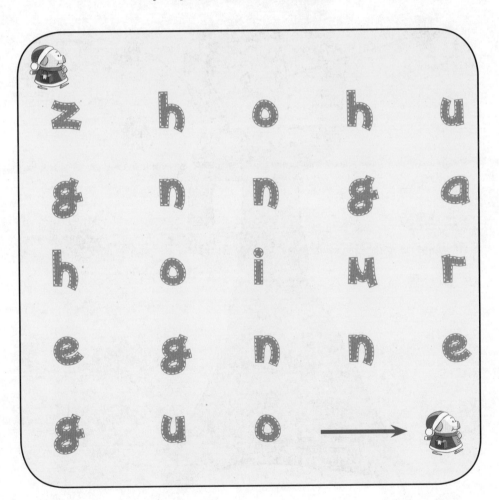

7. 认识自己

身体的各个部位都有自己的名字，你都能说出来吗？根据下面的提示，请你说说看。

眼

耳

嘴

鼻子

手

脚

8. 热气球

太阳伯伯带来了许多热气球朋友，咦？热气球上有许多字呢！快来抓住它们，补充下面的空白。

热气球上的字： 花　太　玻　气　店　蛙　亮　林

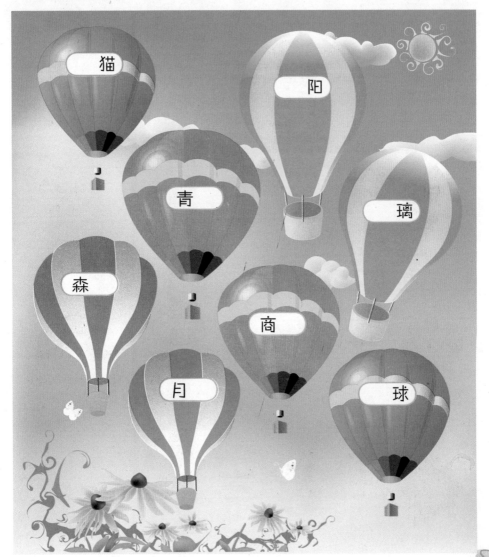

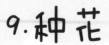

9.种花

　　花朵上有许多韵母，现在种在不同的花盆里，就会生长出不同"字"的花朵，请你把拼好的拼音写在花朵上。

10

10.快乐二人组

亮亮和莉莉是快乐二人组，今天他们坐着小汽车去郊游，别提多开心了。请你把词语补全，并说出画面上缺少的词语。

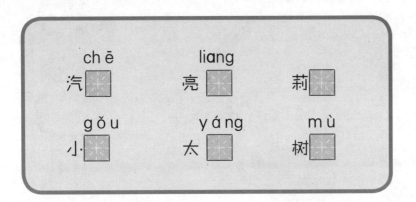

li

chē	liang	
汽□	亮□	莉□
gǒu	yáng	mù
小□	太□	树□

11

11. 上学你想带什么?

玲玲正在准备上学用的东西,她把想带的东西的名称都写在了纸条上,但是有些是上学不能带的,你来选择一下,把能带去上学的东西涂上红色。

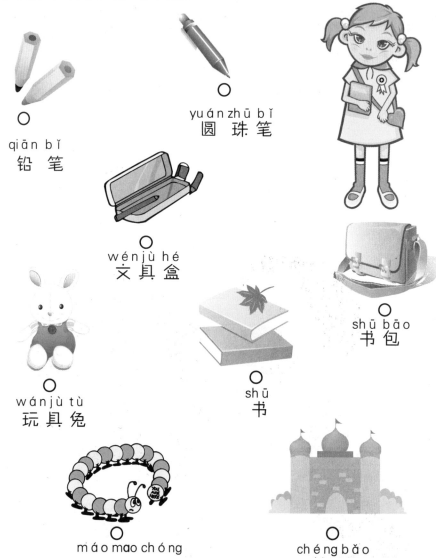

○
qiān bǐ
铅笔

○
yuán zhū bǐ
圆珠笔

○
wén jù hé
文具盒

○
shū bāo
书包

○
wán jù tù
玩具兔

○
shū
书

○
máo mao chóng
毛毛虫

○
chéng bǎo
城堡

12. 数量多和少

　　如果是单独一个事物，应该怎么说？如果是许多事物，又应该怎么说？下面的句子应该怎么说？试着说给你的爸爸妈妈听。

> 例：一（棵）树　　一（片）森林

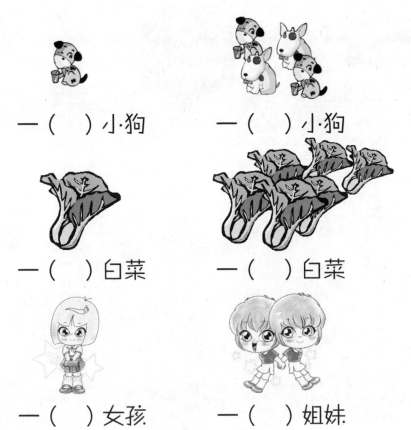

一（　）小狗　　　　一（　）小狗

一（　）白菜　　　　一（　）白菜

一（　）女孩　　　　一（　）姐妹

13.颜色对对碰

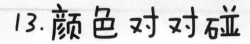

红、橙、黄、绿、青、蓝、紫，五彩缤纷的颜色多么美妙呀！请你把相同颜色的事物连在一起。

 红　　　　　　 黄　　　　　　 绿

14

14. 小刺猬运苹果

有两只小刺猬，它们都想带些又脆又甜的大苹果回家，这么多苹果该选哪些呢？它们都想好了，你也来选选看吧！

困　口　园　柳　杯　回　圆　树　林　木　柱

15.小动物们梦到了什么？

你看，小猫、小猴、小狗和小兔子都睡着了，它们各自都梦见了什么呢？请你写在下面的方框里面。

小·猫梦见了 ▢▢ 。　　　小·狗梦见了 ▢▢ 。

小·猴梦见了 ▢▢ 。　　　小·兔子梦见了 ▢▢ 。

16. z c s 和 zh ch sh

你能分清 z c s 和 zh ch sh 吗？它们长相相似，而且读起来也容易混淆，现在请你把带有字的帽子和正确的拼音盒子连起来。

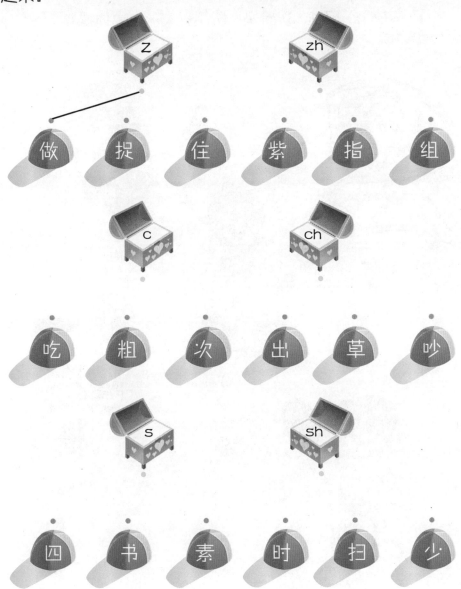

17

17.热闹的体育馆

体育馆里真热闹，小朋友们都在锻炼身体，这里的体育项目真多，请把正确的体育名称和图片对照起来。

① 篮球 ② 网球 ③ 跳马 ④ 足球 ⑤ 自由体操

（　　）

（　　）

（　　）

（　　）

（　　）

18. 看图写汉字

　　有的图和图拼在一起能组成有趣的文字，下面每幅图都代表一个文字，想一想，它们是什么？把序号填在相应的方框里面。

　　① 朋 ② 炎 ③ 明 ④ 森 ⑤ 鲜 ⑥ 从

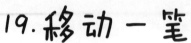

19.移动一笔

有的汉字只要移动其中的一笔，就会变成另外一个字，请你把变化后的字写在圆圈里。

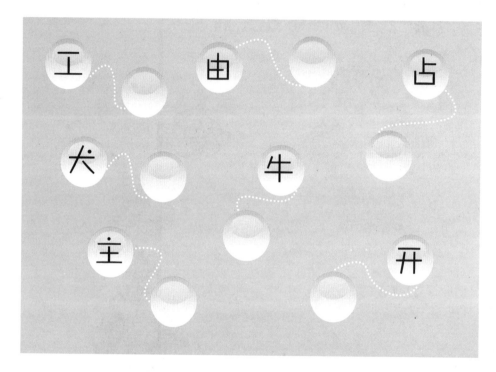

20. 圣诞节的礼物

圣诞节到了，圣诞老人带着各种各样的礼物来了，但是每个人必须答对了问题才能得到礼物。下面两个苹果娃娃就能拼成一个字，请写在下面的横线上。

21.该上哪辆车

许多小朋友要坐车去游乐场，可是那么多车，小朋友们该上哪一辆呢？请你根据汉字和拼音，给他们安排一下吧！

22.波浪上的拼音

拼音家族的成员正在波浪上玩耍，只要用彩色的笔将波纹连起来，就会得到一个词语，用你喜欢的颜色把它们连起来吧！

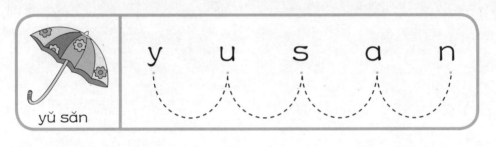

yǔ sǎn

y u s a n

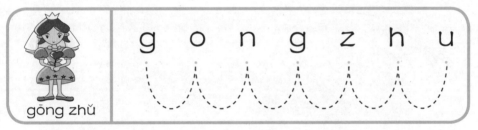

gōng zhǔ

g o n g z h u

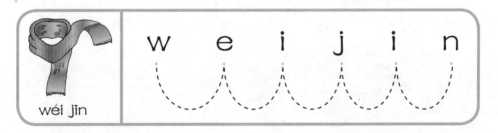

wéi jīn

w e i j i n

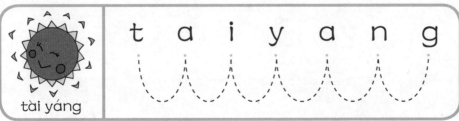

tài yáng

t a i y a n g

第二单元

猫咪

猴子

孔雀

1. 看图写字

根据下面的图和拼音，把汉字写在 □□ 里。如果遇到不会写的字，记得向爸爸妈妈请教哟!

xiǎo gǒu

píng guǒ

dàn gāo

mào zi

qiān bǐ

qì chē

tài yáng

huā māo

2.an 在哪里？

下面哪一些字会含"an"的读音呢？读一读，你就会发现了，快点儿把它们找出来吧！把含有"an"的事物圈出来。

jiǎn dāo
剪刀

dàn gāo
蛋糕

shī zi
狮子

chuán
船

miàn bāo
面包

yàn zi
燕子

jiù shēng quān
救生圈

3. 动物大会开始了

动物园里要召开动物大会了，许多小·动物都急着要赶去参加，它们是怎么去的呢？把它们与各自的动作连起来。

飞

游

爬

跑

4.读儿歌，学汉字

儿歌是伴随小朋友的好伙伴，和爸爸、妈妈一起唱童谣，还能学到许多汉字呢！

找朋友

找啊找啊找朋友，

找到一个好朋友，

敬个礼呀握握手，

你是我的好朋友。

小·老鼠上灯台

小·老鼠，

上灯台，

偷油吃，

下不来。

吱吱吱，

叫奶奶，

把自己，

抱下来。

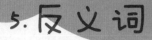

5.反义词

"对"和"错"，"正"和"反"都是反义词，我们的生活中有许多反义词，通过下面的图片，填上正确的反义词。

小猫在桌子的 面，
青蛙在桌子的 面。

蚂蚁是 色的，
纸是 色的。

哥哥在妹妹的 边，
妹妹在哥哥的 边。

爷爷的个子比小波 ，
小波的个子比爷爷 。

6.词语接龙

今天，小猪哼哼学到了一个有趣的游戏——词语接龙。它叫来了自己的好朋友一起来玩，你也来加入它们的行列吧！

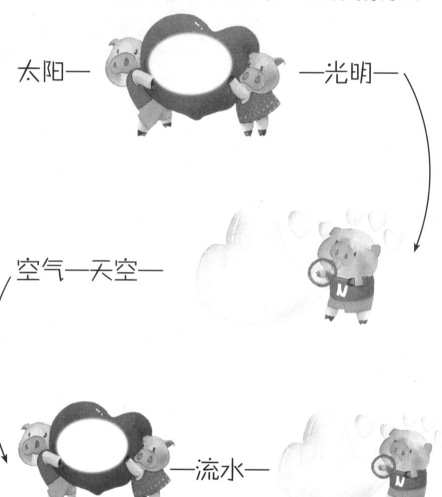

太阳——　　　　　——光明——

空气—天空——

——流水——

7. 过节了

每一年都有各种各样的节日，你是否都能记得它们的特点呢？根据下面的描述和图片，找到正确的节日，并把节日的代表字母填到圆圈中。

A 儿童节　B 圣诞节　C 春节　　D 元宵节　E 端午节　　F 中秋节

○ 圣诞树真漂亮，上面有许多小星星。

○ "咱们一起去看赛龙舟吧！"

○ "过年了，给大家拜年！"

○ 月亮又大又圆，全家一起来赏月吧！

○ 正月十五闹花灯。

○ 今天是6月1日，游乐场的小朋友真多啊！

学前 语文 早准备

8.苹果成语

秋天到了，树上结满了红红的苹果。苹果的脸上都写上了字，把它们摘下来，能组成四个成语，一起来做吧!

亡＿＿＿＿＿

拔＿＿＿＿＿

掩＿＿＿＿＿

叶＿＿＿＿＿

9.拼音藏猫猫

　　拼音王国的小家伙们，平时总喜欢玩藏猫猫的游戏，快点儿把它们找到，然后按照顺序连在一起，你发现它们的藏身之处在哪里了吗?

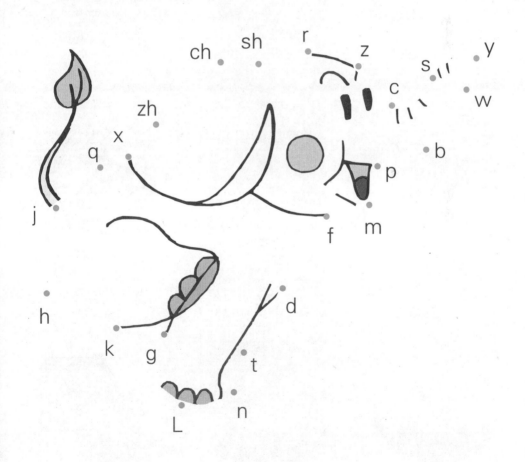

10.图片连连看

观察下面的图，然后找到相应的词语，连接起来。

太阳暖暖

草地青青

星星闪闪

下雨哗哗

树叶摇摇

雷声隆隆

11.儿歌连连看

下面是一首大家非常熟悉的儿歌，你能把下面的儿歌补充完整吗？想一想，它们之间的关系是什么样子的？

 缸　 勺　 盆　 碗　 豆

从前有座山，　→　山里有座庙，　→　庙里有个（　），

↓

（　）里有个（　），　←　（　）里有个（　），　←　（　）里有个（　），

↓

（　）里有个（　），　→　我吃了，你馋了，　→　我的故事讲完了。

35

12. 描述小动物

小动物们都有自己独特的形象，下面有四个描述小动物的词语，打开你的思维想一想，哪个小动物最符合呢？请你把它圈出来。

蹦蹦跳跳

摇摇摆摆

飞来飞去

游来游去

13. 帮妈妈收拾东西

今天，小雨在家里帮助妈妈收拾东西，妈妈让他把东西都放在柜子里面。请你帮助小雨把序号填在相应的方框里。

书		上衣		裙子	
鞋		袜子		帽子	

14.巧妙记忆

有些汉字我们可以用非常巧妙的方法来记忆，两个汉字相加就是另外一个字，比如"小·土"就是"尘"，下面是一个汉字相加的游戏，快来完成吧!

人 + 从 → ○　　女 + 子 → ○

口 + 口 → ○　　口 + 不 → ○

一 + 牛 → ○　　二 + 人 → ○

工 + 力 → ○　　乏 + 贝 → ○

15. 乐乐钓鱼

　　乐乐在河边钓鱼，他要按照小水桶上的偏旁，钓到同样偏旁的小鱼，乐乐能钓到哪些鱼呢？请你把正确偏旁的小鱼涂上颜色。

16.树迷宫

小·考拉走进了一个树迷宫，要想走出去，要用树上面的字组出至少两个词，小·考拉很为难，你能帮帮它吗？

17. 它们的密切关系

左边的图和右边的图都有许多联系，你能找出联系最密切的两张图吗？并且说出你选择的理由。

41

18.谁的帽子

下面有五顶好看的帽子，它们分别是兔子跳跳、小马欢欢、小熊笨笨、小老鼠灵灵和小鸟呆呆的，它们的帽子都有自己的特征：跳跳的帽子上有一颗草莓，欢欢的帽子上有一朵花，笨笨的帽子上有一只蝴蝶，灵灵的帽子上有一个桃心，呆呆的帽子上有一片树叶。

你能根据上面的描述，准确地找出是谁的帽子吗？把它们连起来。

19.区分"大、中、小"

下面有几组图片，根据它们的大小，请你说出每一组中大、中、小三个物体，然后把相应的汉字写在下面方框里。

第一组：彩球

  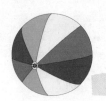

第二组：小熊

第三组：飞镖盘

第四组：房子

20. 小动物的声音

今天，妈妈带着皮皮去农场玩，农场里传来了各种各样的叫声，妈妈想来考考皮皮，让皮皮来描绘动物的叫声。

 小·山羊 ＿＿＿＿＿＿ 叫，山上青草是美餐。

 小·蜜蜂 ＿＿＿＿＿＿ 叫，辛勤劳动大家爱。

 小·黄牛 ＿＿＿＿＿＿ 叫，农民朋友的好帮手。

 小·青蛙 ＿＿＿＿＿＿ 叫，消灭害虫的小·高手。

 小·鸭子 ＿＿＿＿＿＿ 叫，游在水里它最欢。

21. 小朋友的课余时间

下课了，小朋友在课余时间里会做自己喜欢的事情，下面请你来说一下，小朋友们都在做什么呢？

小红

皮皮

拉拉

美美

小志

洋洋

小红喜欢 _____	拉拉喜欢 _____
皮皮喜欢 _____	美美喜欢 _____
小志喜欢 _____	洋洋喜欢 _____

45

22. 反义词捉迷藏

有些反义词躲在了句子里，下面有四句话，请你来读一读，你能找到反义词的藏身之处吗？把找到的反义词写在句子下面。

斑点狗的身上的颜色，除了白色就是黑色了。

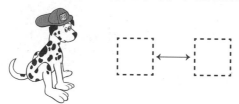

小老鼠的尾巴很长，但小兔子的尾巴很短。

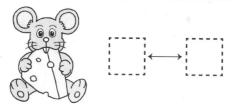

长颈鹿看毛毛虫时很小，毛毛虫看长颈鹿时很大。

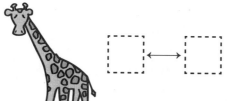

小猪比小猫胖，小猫比小猪瘦。

46

23. 我知道四季

一年有春、夏、秋、冬四个季节，每个季节都有自己的特征，观察下面的图片，把下面的句子补充完整。

这是 ▢ 天，_____。

这是 ▢ 天，_____。

这是 ▢ 天，_____。

这是 ▢ 天，_____。

47

24. 我会读

　　小熊写了一篇日记，但是有许多字它不会写，于是它把不会写的字都用图画来代替。小朋友，你来读一读，小熊都写了什么呢？

2009 年 l 月 l5 日　天气：

　　今天，下雪了！我堆了一个大大的雪人，

我给它戴上爸爸的  ，系上妈妈

的  ，用 做雪人的鼻

子，用 做雪人的手。雪人真漂亮！

25. 读句子找地点

在不同的地方，我们就会说不同的话，请你根据这些话，找到正确的地点。

"您好，请给我称一些水果。"

"同学们  请大家跟我一起读。"

鱼市

"叔叔，我要买一条鱼 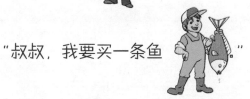。"

"哥哥，我要一个冰激凌。"

滑冰场

" 瞧！他们滑冰的动作多优美啊！"

球场

"我们一起去  吧！"

教室

"请把我的头发剪短一点儿。"

第三单元

气球

骑马

好物

1. 有问有答

下面是一问一答的小游戏，和你的好朋友一起来玩，你来提问他来答会更有意思！然后，照着"有问有答"的样子，编出更多更有意思的儿歌。

小狗，小狗，在干什么？
小狗，小狗，在喝饮料。

小猫，小猫，在干什么？
小猫，小猫，在玩线球。

海豹，海豹，在干什么？
海豹，海豹，在打电话。

小兔，小兔，在干什么？
小兔，小兔，它在跑步。

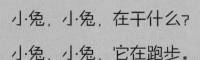

2. 照样子，写一写

参照上面给的例子，你还能写出多少个像这样的短句，和你的朋友一起来做这个游戏，看谁写得又多又好。

看了又看

( )了又( )　　( )了又( )　　( )了又( )

听到声音

( )到( )　　( )到( )　　( )到( )

不慌不忙

不( )不( )　　不( )不( )　　不( )不( )

跑得快

写得( )　　想得( )　　飞得( )　　跳得( )

3.汉字变变变

有的汉字只要移动各部分的位置就会变成另外一个字，比如：吟——含。一个气球与一个星星是一对，你能找到它们原来的样子吗？用线把它们连起来吧！

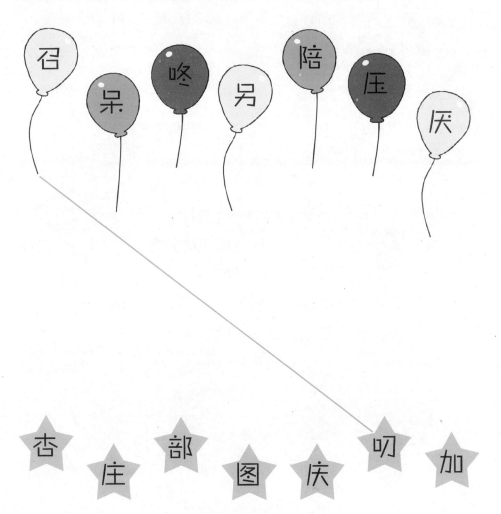

召　呆　咚　另　陪　压　厌

杏　庄　部　图　庆　叻　加

4.词组减肥

给下面的词组减减肥，你都能得到两个字的词，请你来想一想，然后把"减肥"后的词写在后面。

青青的松树—（青松）

蓝色的天空—

黑色的头发—

柳树的枝条—

白色的雪—（白雪）

红色的心—

欢笑的脸—

太阳的光芒—

5.它们像什么

"……像……"这是我们生活中经常用到的一种形式,比如:"兰兰的脸红得像苹果。"等等,现在请你展开想象,完成下面的连线。

飘浮的白云像　　●　　　●　宝石

空中飞机像　　●　　　●

长长的 像　　●　　　●　绳子

弯弯的镰刀像　　●　　　●

美丽的  像　　●　　　●　宝塔

闪烁的星星像　　●　　　●

高高的 像　　●　　　●　拱桥

6.你会读多音字吗?

许多汉字不是只有一个读音,读不同的音就表示不同的意思,下面是由许多多音字组成的句子,你能正确地读出来吗?

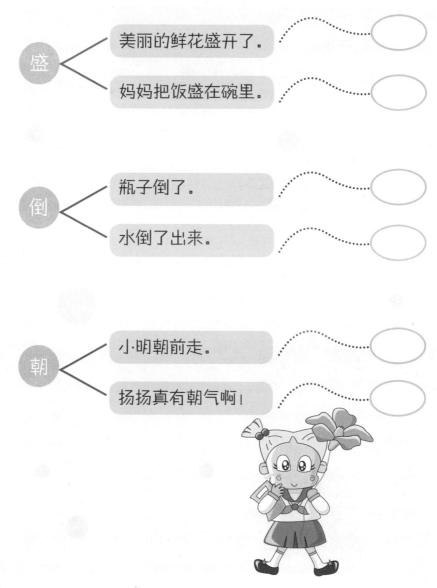

盛
- 美丽的鲜花盛开了。 ⚪
- 妈妈把饭盛在碗里。 ⚪

倒
- 瓶子倒了。 ⚪
- 水倒了出来。 ⚪

朝
- 小明朝前走。 ⚪
- 扬扬真有朝气啊! ⚪

7.给词语加上修饰

　　给词语前面加上修饰，词语就会变得生动有趣。下面有许多词语，用来修饰哪些词语比较合适呢？请你来给它们搭配一下吧！

暖和的 ●

漂亮的 ●

圆圆的 ●

好吃的 ●

美丽的 ●

机灵的 ●

8.花朵中的古诗

盛开的花朵上面有许多文字，其实，这些文字可以组成一首古诗，请你把它们组合起来。

9.数笔画

写汉字的时候，小朋友一定要一笔一画认真书写，你有没有注意过汉字的笔画呢？把下面的汉字填到正确的区域里面吧！

是　我　的　出　多

5 画

6 画

7 画

8 画

9 画

10. 小狗汪汪要回家

天快黑了，小狗汪汪想要回家，可是它却迷路了，有一个魔法师告诉它，只要沿着汉字铺成的路就能回到家，但是前一个词的末尾必须是下一个词的开头，比如：大树——树叶。

请你快来帮汪汪回家吧！

11. 中间填什么

通常，用在数字后面的词会因为修饰的事物不同而发生变化，比如："一根黄瓜，一个苹果"，下面的句子中都有两个不同的词，应该用哪一个呢？

两（颗　粒）星星

一（棵　个）圣诞树

一（条　只）鱼

一（只　堆）鸭子

一（把　个）鲜花

一（根　群）木头

12.点 餐

明明、真真和琪琪一起去餐厅吃饭，服务员递过来一份菜单，明明、真真和琪琪都点了自己喜欢吃的东西，请你把明明点的东西涂上红色，真真点的东西涂上黄色，琪琪点的东西涂上蓝色。

琪琪点的东西：果汁　寿司　炸鸡腿

明明点的东西：汤　意大利面　冰激凌

真真点的东西：烤玉米　水果　热狗

13. 我的花纹最漂亮

小动物们都有美丽的花纹，这一天，动物园里举行了一个动物花纹大比拼，大家都争着说自己的花纹最漂亮，它们是怎么说的呢？你能给它们设计一下语言吗？

老虎说：我身上的黑色条纹最漂亮。

斑马说：（　　　　　　　　）

奶牛说：（　　　　　　　　）

长颈鹿说：（　　　　　　　　）

梅花鹿说：（　　　　　　　　）

14.找出同类商品

今天丁丁家里大扫除，妈妈让丁丁帮忙把许多东西归归类，把同类的号码写在一起，你也和丁丁一起来做吧！

1	2	3	4
5	6	7	8
9	10	11	12
13	14		

服装：_____

家具：_____

食品：_____

15.小动物的玩具

小动物们最近都得到了一个喜爱的玩具，但是它们的玩具都被放在了迷宫里，你能帮它们在迷宫里找出来吗？

小狗的玩具是 _____

小猫的玩具是 _____

小熊的玩具是 _____

小兔的玩具是 _____

16.愉快的假日

　　放假了，丁丁和扬扬一起去乡下叔叔家，别提多开心了，观察图片，说说他们各自都在做什么呢？画面上还有什么？合上书，讲给爸爸妈妈听。

请你指出下面的几张小图片，出现在图中的什么位置？

17. 造句子

下面许多词语都被打乱了顺序，请你把每一组中的词语组成一个通顺的句子写在下面的横线上。

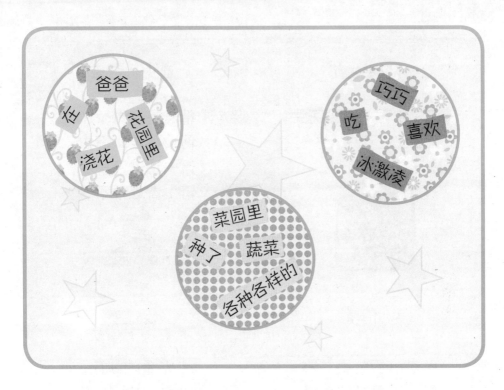

① _____

② _____

③ _____

18.我喜欢读绕口令

绕口令读起来虽然拗口，但是经常练习能让我们口齿伶俐，下面的绕口令你能读得又快又好吗？和你的朋友一起比赛试试看！

花生生花

花生生花，花生花生。
花生生花花生花，
生花花生生花生。

青虫和青草

草丛青，青草丛，
青草丛里草青虫。
青虫钻进青草丛，
青虫青草分不清。

香油飘香

香芝麻锅炒香芝麻，
香锅香香芝麻也香。
香芝麻磨磨香油，
香芝麻磨磨磨香油。
香油油香香油飘香，
飘香香油香飘四乡。

炒 豆

尤尤爱吃炒豆，
肉炒豆肉里有豆，
豆炒肉豆里有肉，
尤尤吃肉又吃豆。

19. 淘淘去过的地方

淘淘跟随着爸爸、妈妈来到首都北京，在那里他参观了许多名胜古迹，还拍了许多照片，你说说看，淘淘都去了哪些地方？

故宫

天坛

圆明园

人民大会堂

天安门

长城

20.五官的用途

你知道五官吗？它们是鼻子、耳朵、嘴巴、眼睛和舌头，它们都有自己的用途，都是什么呢？快来说说看。

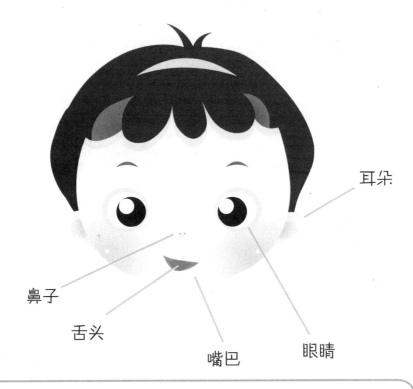

耳朵

鼻子

舌头

嘴巴

眼睛

耳朵用来_____

鼻子用来_____

嘴巴用来_____

眼睛用来_____

舌头用来_____

21.活泼的小动物

来了许多活泼可爱的小动物，它们的样子你能说出来吗？
快点儿把下面的句子补充完整吧！

蹦蹦跳跳真可爱。

喜欢吃香蕉。

身穿燕尾服。

水中游得欢。

开屏最好看。

打鸣儿要起床。

22.图中的错误

下面图中有几处错误，请你把它们圈出来，然后说说看，为什么是错误的呢？

23.奇妙的想象

你是一个爱幻想的孩子吗？如果你是一个魔法师，如果你拥有一把神奇的扫帚，你会做些什么呢？展开你的想象，说出你的梦想吧！

如果我是一个魔法师，我将·····················

如果我有一把会飞的扫帚，我会·····················

如果我能进入时光隧道，我会·····················

如果我有一架太空飞船，我会·····················

如果我回到了恐龙时代，我会·····················

如果我已经长大了，我会·····················

24. 大家一起堆雪人

认真阅读下面的儿歌，直到把它记熟、背熟。

下雪了，真漂亮，片片雪花飞满天。
你也来，我也来，大家一起堆雪人。
小雪人，圆嘟嘟，挺着一个大肚皮。
小水桶，做帽子，胡萝卜，做鼻子。
小小雪人多可爱，它是我们的好朋友。

你已经记熟练了吗？现在不要看上面的儿歌，把下面补充完整。

下雪了，真漂亮，片片 _____ 飞满天。

你也来，我也来，大家一起堆雪人。

小雪人， _____ 嘟嘟，挺着一个大肚皮。

小 _____ ，做帽子，胡萝卜，做 _____ 。

小小雪人多 _____ ，它是我们的好朋友。

25.小山羊吃草

下面是 "小" "山" "羊" "吃" "草" "上" 六个字，不要小看这几个字，它们能组成十个不同的句子，快来试试看。

第四单元

蘑菇

小猪

云朵

1. "口" 字谜语

今天，老师给大家出许多关于"口"字的谜语，你也快来加入吧！

一个"口"
是"口"字。

两个"口"
是"吕"或"回"字。

三个"口"
是（　）字。

四个"口"
是（　）字。

五个"口"
是（　）字。

六个"口"
是（　）字。

七个"口"
是（　）字。

八个"口"
是（　）字。

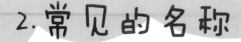

2.常见的名称

其实，有许多人或事物可以归为一类，然后就会有一个统称，如果你细心观察，你就会发现了。现在，试着把下面补充完整吧！

在商店买东西的人叫（ 顾客 ）。

外出旅游的人叫（   ）。

乘坐公交车的人叫（   ）。

乘坐火车的人叫（   ）。

在一个班里学习的人叫（ 同学 ）。

在一个单位上班的人叫（   ）。

从事同一个行业的人叫（   ）。

来自同一个地方的人叫（   ）。

3.身边的话

你还记得这些话吗？它们就在你的身边，也许每天都在发生，回忆一下，你会很轻松地完成下面的问题。

妈妈叫你起床的时候说：

爸爸催你睡觉的时候说：

朋友叫你一起去玩的时候说：

老师表扬你的时候说：

和邻居阿姨打招呼的时候说：

4.图片串联

请你根据下面的几幅画，来编一个简单的故事，把这几幅图画串联起来，讲给你的爸爸妈妈听。

_____

_____

_____

_____

5. 我会说礼貌用语

小朋友们，你们会说礼貌用语吗？如果你想成为一个听话懂事的孩子，现在就来学习礼貌用语吧，大家都会喜欢你的。

在门口遇到老师

送客人到门口

把球踢到了小朋友的头上

邮递员送信来了

81

6.可爱的小猪们

　　小猪家族的兄弟姐妹在一起过着非常幸福的生活，它们真是可爱极了，瞧！它们在做些什么呢？请你用线连成通顺的句子。

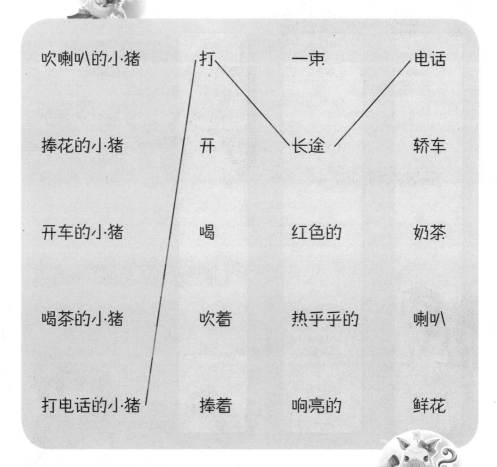

吹喇叭的小猪	打	一束	电话
捧花的小猪	开	长途	轿车
开车的小猪	喝	红色的	奶茶
喝茶的小猪	吹着	热乎乎的	喇叭
打电话的小猪	捧着	响亮的	鲜花

7. 找相同

下面每一组字都有一个相同的特点，你能找出来吗？如果你已经发现了它们的共同点，你还能写出其他跟它们长相相似的字吗？

部 邮 那 都　这些字都有 阝

我还能写出：郊 邓 郁

树 林 桃 松　这些字都有 ___

我还能写出：

吃 叶 叹 吹　这些字都有 ___

我还能写出：

问 闻 闭 闹　这些字都有 ___

我还能写出：

83

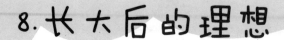
8.长大后的理想

小朋友，你们有没有自己的理想呢？你长大后想做什么呢？下面几个小朋友都有自己的理想，请帮他们补充完整，然后说说你自己的理想，写在下面。

医生　运动员　老师　画家

小明说："我长大了要当一名救死扶伤的（　　　）"

小辛说："我长大了要当一名传授知识的（　　　）"

美美说："我要好好画画，做一名（　　　）"

小刚说："我长大了要当一个著名的篮球（　　　）"

我的理想是：

9. 你来评一评

熊爸爸给熊宝宝出了几道题，让它自己来完成，但是熊宝宝有点儿拿不定主意，你来说说看，应该选哪一个？

小蜜蜂在花丛采蜜，它非常 。

小猪躲在家里睡大觉，它非常 。

选项：①勤劳　②懒惰

小娇连蚂蚁都害怕，她很 。

皮皮打碎了花瓶，但他 地承认了错误。

选项：①胆小　②勇敢

云杉能长到 50~60 米高，它看起来很 。

长在路边的小草，看起来很 。

选项：①高大　②矮小

丝绸摸起来很柔软、 。

树皮有保护作用，但是很 。

选项：①光滑　②粗糙

10.勤劳的小卷毛

下面是小卷毛写的作文，讲述了她一天在家里帮助妈妈的全过程，可是，还有几个词没有填上去，快来帮她补充完整吧！

选项： ①衣橱 ②整齐 ③干干净净 ④惊喜

我是勤劳的小卷毛

今天，妈妈不在家，我要把家打扫得干干净净，回来给妈妈一个 _____ ！

我要学着妈妈的样子，先把东西归归类，把书放在书架上，衣服放进 _____ 里，零食放在冰箱里，玩具放在玩具柜里，这样看起来就 _____ 多了。

然后，我用拖把把屋子里的每一个角落都擦得 _____ ！

妈妈回来后，夸我是"勤劳的小卷毛"。

11.编句子

下面要把几幅图串联成完整的句子，也许你能编出几个不同的句子呢！来试试看吧！

兔子　　萝卜　　小兔子家

例：小兔子挖了许多萝卜带回家。

男孩　　操场　　球

女孩　　电话　　男孩

老鼠　　奶酪　　猫

12. 找到同类事物

通常归为一类的事物都有相同点，同一类的事物你能找到多少？请你来完成下面的题目。

老鹰能在天上飞来飞去，
（　　）也能在天上飞来飞去。

猩猩会爬树，
（　　）也会爬树。

汽车有轮子，
（　　）也有轮子。

椅子可以用来坐，
（　　）也可以用来坐。

蜗牛有壳，
（　　）也有壳。

13. 长大了

小朋友们，小动物们也会慢慢地长大，你知道它们长大后会变成什么样子吗？快来说说看吧！

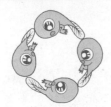 变成了 ......

 变成了 ......

 变成了 ......

 变成了 ......

14.提问！回答！

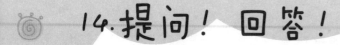

提问！回答！小朋友们一定记得动画片《聪明的一休》里面的对话，现在，我们也来玩"提问！回答！"的游戏，请你把正确的对话连起来。

> 小红，你今天穿的裙子真漂亮呀！

> 当然可以了，我现在就去给你拿。

> 咱们今天去游乐场玩好吗？

> 不会的，天气预报说今天是大晴天。

> 明明，今天会不会下雨呢？

> 谢谢，这是妈妈刚给我买的。

> 甜甜，能把你的漫画书借给我看看吗？

> 我不想去游乐场，我想去动物园。

15. 各种动作

请你根据小朋友们的动作，说出在方框中应该填什么动词。

小提琴

皮球

钢琴

自行车

地

绳

鞭炮

车子

16.照样子，写一写

例：又 白 又 胖　　又 白 又 胖 的娃娃

又 ⬡ 又 ⬡　　又 ⬡ 又 ⬡ 的苹果

又 ⬡ 又 ⬡　　又 ⬡ 又 ⬡ 的西瓜

又 ⬡ 又 ⬡　　又 ⬡ 又 ⬡ 的头发

又 ⬡ 又 ⬡　　又 ⬡ 又 ⬡ 的树

又 ⬡ 又 ⬡　　又 ⬡ 又 ⬡ 山

17. 多音字

汉字中有许多多音字，比如："还"读 hái，又读 huán。用在不同的句子里，又会表达不同的含义。你来自己区分一下吧，给下面的字加上拼音。

都

我和小丽都 ____ 喜欢滑冰。

北京是中国的首都 ____ 。

藏

我和小朋友在一起玩捉迷藏 ____ 。

民间艺术的宝藏 ____ 真是无穷无尽呀！

大

妈妈给了小莉一个大大 ____ 的苹果。

红红感冒了，她去医院看大 ____ 夫。

发

阿姨在理发店里做头发 ____ 。

开学第一天，老师给同学们发 ____ 新书。

18.拍手儿歌

下面是一首朗朗上口的儿歌,可是它的顺序被打乱了,你能将它们重新排好吗? 然后和小朋友一起拍手唱儿歌。

①你拍二,我拍二,两个小孩梳小辫。

②你拍四,我拍四,四个小孩写大字。

③你拍三,我拍三,三个小孩吃饼干。

④你拍五,我拍五,五个小孩敲打鼓。

⑤你拍一,我拍一,一个小孩穿花衣。

⑥你拍六,我拍六,六个小孩吃石榴。

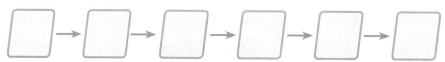

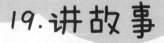

19.讲故事

　　下面是一个非常动人的故事，和爸爸妈妈一起来读，在故事中，有些词都被图画代替了，你要把它串联进去。

雪孩子

　　下了一天雪，　　上、　　都变成白色的

了。　　堆了一个漂亮的　　，它们成了最亲密

的朋友。　　玩累了，躺在　　就睡着了，但是，

炉火却把　　点燃了，小　　奋不顾身地冲进火

中救出了　　，自己却融化了，它去哪儿了？它变

成了天边最美丽的　　。

95

20.看图接龙

　　用图片也可以玩接龙的游戏，首字和尾字发音相同就可以了，下面你可以一边画一边把文字写出来，这样不是更有趣吗？

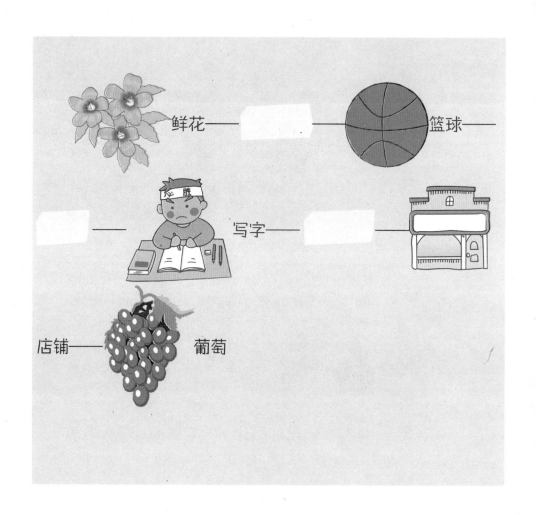

鲜花—————————————篮球—————

写字—————

店铺—————葡萄

21.彩色的句子

下面的方框被分成了许多小块儿，只要把相同颜色的色块儿找出来，就能拼成一个句子，快来行动吧，把你找到的句子写在下面的横线上。

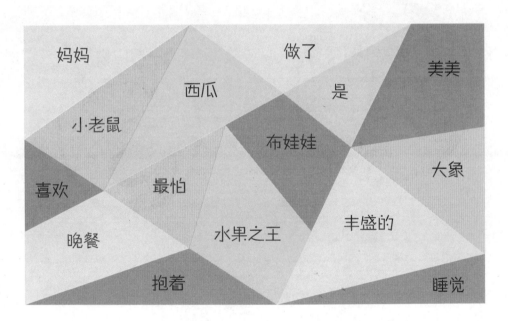

① _____

② _____

③ _____

④ _____

22. 心情对对碰

开心的时候会笑，伤心的时候会流泪，人总有许多复杂的心情。下面几幅图中，小朋友们表现出了什么心情呢？请你写出来。

- - - - - - - - - - -

- - - - - - - - - - -

- - - - - - - - - - -

- - - - - - - - - - -

23. 找找有关联的字

仔细观察下面的几组图片，说说看这些图片有什么联系，然后在右边找到相关的汉字，把它们连起来。

    衣

   水

   鸟

   兽

24. 看图编故事

下面有几幅图片，你能根据图片，自己编几句话吗？加上一些动词或者修饰，让句子更生动，然后写在方框里。

25. 自我介绍

　　到了新学校，你会作自我介绍吗？也许面对许多新朋友，不知道该从什么地方说起好了，下面有几个问题，可以引导你很轻松地完成自我介绍，把回答的问题串联起来就 ok 了。

问题：你叫什么名字？今年几岁？

_____

你的家里都有谁呢？介绍一下家庭成员。

_____

你喜欢做什么呢？比如看书、画画、唱歌……

_____

在新的学校里，你有什么愿望呢？

_____

结束语：我希望能和大家成为好朋友。

101

学前 语文 早准备

第一单元

6. 走迷宫

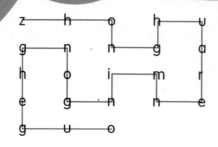

9. 种花

bài
bèi
guī
yún

12. 数量多和少
只、群；棵、堆；个、对

15. 小动物们梦到了什么？
小猫梦见了"鱼"；小猴梦见了"桃子"；小狗梦见了"骨头"；小兔梦见了"胡萝卜"

18. 看图写汉字
④⑤
③②
⑥①

19. 移动一笔
工——土、由——申、占——古、
犬——太、牛——午、开——井、
主——玉

20. 圣诞节的礼物
禁、玻、嘿、灯、闲、愿

21. 该上哪辆车
n （呢 耐 努）
t （疼 泰 特）
d （得 戴 登）

第二单元

1. 看图写字
小狗　苹果　蛋糕
帽子　铅笔　汽车
太阳　花猫

5. 反义词
小猫在桌子下面，青蛙在桌子上面。
蚂蚁是黑色的，纸是白色的。
哥哥在妹妹的左边，妹妹在哥哥的右边。
爷爷的个子比小波高，小波的个子比爷爷矮。

6. 词语接龙
答案：太阳——阳光——光明——明天——天空——空气——气流——流水——水平

7. 过节了
B E C
F D A

8. 苹果成语
亡羊补牢、拔苗助长、
掩耳盗铃、叶公好龙

11. 儿歌连连看
从前有座山，山里有座庙，庙里
有个缸，缸里有个盆，盆里有个
碗，碗里有个勺，勺里有个豆，
我吃了，你馋了，我的故事讲完
了。

12. 描述小动物
兔子 鸭子 小鸟 鱼

14. 巧妙记忆
众、好
吕、否
生、天
功、贩

15. 乐乐钓鱼
岩 岸 岗 峰 峪

16. 树迷宫
桃子 儿子
光线 阳光
西瓜 冬瓜
白天 白纸
水果 果冻
汽车 马车

20. 小动物的声音
咩咩 嗡嗡 哞哞 呱呱 嘎嘎

22. 反义词捉迷藏
白—黑 长—短 小—大 胖—瘦

23. 我知道四季
这是春天，小燕子已经飞来了。
这是夏天，小朋友们游泳好自在。
这是秋天，大雁排成"人"字往
南飞。
这是冬天，堆一个圆鼓鼓的雪人。

第三单元

2. 照样子，写一写
望了又望 找了又找 听了又听
闻到气味 看到美景 想到过去
不紧不慢 不大不小 不言不语
写得好 想得美 飞得高 跳得远

3. 汉字变变变
召—叨 呆—杏 咚—图 另—加
陪—部 压—庄 厌—庆

4. 词组减肥
蓝天 黑发 柳条 红心
笑脸 阳光

6. 你会读多音字吗？
shèng
chéng
dǎo
dào
cháo
zhāo

8.花朵中的古诗
床前明月光，
疑是地上霜。
举头望明月，
低头思故乡。

9. 数笔画
5画：出　6画：多　7画：我
8画：的　9画：是

11. 中间填什么
两颗星星，一棵圣诞树，一条鱼，
一只鸭子，一把鲜花，一根木头。

14.找出同类商品
服装：（3）（6）（9）（13）
家具：（4）（5）（8）
食品：（1）（2）（12）

15.小动物的玩具
小狗的玩具是小火车
小猫的玩具是小喇叭
小熊的玩具是小皮球
小兔的玩具是小汽车

17.造句子
爸爸在花园里浇花。
巧巧喜欢吃冰激凌。
菜园里种了各种各样的蔬菜。

24.大家一起堆雪人
雪花、圆、水桶、鼻子、可爱

第四单元
1."口"字谜语
品 田 吾 晶 叱 叭

2.常见的名称
游客 乘客 旅客
同事 同行 同乡

7.找相同
木 板 材 村 枫
口 吐 叮 吓 吧
门 闷 间 闪 闲

15. 各种动作
拉 拍 弹 骑 扫 跳 放 推

16. 照样子，写一写
又红又甜的苹果
又大又圆的西瓜
又长又黑的头发
又高又大的树
又奇又险的山

18.拍手儿歌
⑤①③②④⑥

20.看图接龙
鲜花 - - - - 花篮 - - - - - - 篮
球 - - - - - - 球鞋 - - - - - - 写
字 - - - - - - 字典 - - - - - - 店
铺 - - - - - - 葡萄